VENTE

Du Mercredi 28 Décembre 1904

HOTEL DROUOT, SALLE N° 11

à 2 heures 1/2

ATELIER

Ad. ITASSE

Sculpteur

COMMISSAIRE-PRISEUR

Mᵉ **LAIR-DUBREUIL**
6, rue de Hanovre

EXPERT

M. R. DUPLAN
10, rue Rossini

CATALOGUE

DES

MARBRES

Bronzes, Terres Cuites

ET

ORIGINAUX

Œuvres de Ad. ITASSE, Sculpteur

PROVENANT DE SON ATELIER

ET DONT LA VENTE AURA LIEU

Par suite de décès

HOTEL DROUOT, SALLE N° II

LE MERCREDI 28 DÉCEMBRE 1904

à 2 heures 1/2

COMMISSAIRE-PRISEUR	EXPERT
Mᶜ LAIR-DUBREUIL	**M. R. DUPLAN**
6, rue de Hanovre	10, rue Rossini

Chez lesquels se distribue le présent Catalogue

EXPOSITION PUBLIQUE

Le Mardi 27 Décembre 1904, de 2 h. à 6 heures

CONDITIONS DE LA VENTE

La vente sera faite au comptant.

Les acquéreurs payeront *dix pour cent* en sus des prix d'adjudication.

L'exposition mettant le public à même de se rendre compte de l'état et de la nature des objets, il ne sera admis aucune réclamation une fois l'adjudication prononcée.

N. B. — Les œuvres de feu Mᵉ Itasse comprises au présent Catalogue seront vendues sans aucun droit de reproduction en aucune matière à l'exception de celles spécialement mentionnées.

Paris.— Imp. de l'Art, E. Moreau et Cⁱᵉ, 41, rue de la Victoire.

Ad. ITASSE

L'œuvre tout entière d'Ad. Itasse dont on va disperser l'atelier donne l'impression parfaite d'une imagination chaude et vibrante, comme en produit tant la Provence, ce pays du soleil où il était né et où il voulait mourir.

Par la délicatesse et le charme de ses compositions, Itasse rappelle les maîtres du xviiie siècle; nul mieux que lui ne sut rendre les grâces et les naïvetés de l'enfant et de l'amour, qu'il traduisit toujours avec une finesse de conception et une élégance indiscutables.

Itasse a laissé dans le monde des Arts le souvenir d'un artiste éminent dans le genre aimable qu'il poétisait si bien, d'une nature d'élite et d'un admirable praticien.

Son talent peut se définir en trois mots : fécondité, élégance et originalité.

Considérable est l'œuvre d'Ad. Itasse qui fut avant tout un artiste consciencieux et d'un prodigieux labeur.

Outre de nombreux bustes exécutés pour des particuliers, son ciseau contribua à la décoration de plusieurs monuments publics, parmi lesquels l'Hôtel de Ville, l'Opéra, le Palais du Louvre et celui du Trocadéro, la gare du P. L. M., etc.; attestations précieuses de son talent pour la postérité.

Les œuvres qui vont être dispersées au hasard des enchères, demeurées depuis sa mort dans son atelier, offrent aux amateurs d'art le grand intérêt d'avoir été exécutées par lui et d'avoir par conséquent le cachet et la valeur d'originaux.

R. D.

N° 1

DÉSIGNATION

MARBRES

1 — *Amour vainqueur.*

Le petit Dieu, soutenu par des nuages, enlève une fillette que son trait vient de toucher ; celle-ci, la tête gracieusement penchée sur l'épaule de l'amour, qui brandit son arc, lui entoure la taille de son bras droit.

Socle hémisphérique à gorge et base carrée.

Gracieuse composition d'après Bouguereau.

Haut., 90 cent.

2 — *Poésie lyrique.*

Muse couronnée de lauriers, les épaules nues, le corps largement drapé et jouant de la lyre.

Haut., 1 mètre.

3 — *Le Sabot de Noël.*

Petite fille tenant des jouets dans ses bras.
Salon de 1870.

Haut., 95 cent.

4 — *Amour captif.*

Haut., 67 cent.

5 — *Premier ami.*

Petite fille tenant un chien embrassé.

Haut., 67 cent.

6 — *Enfant à la Colombe.*

Fillette assise, tenant en ses bras une colombe.
Salon de 1869.

Haut., 60 cent.

7 — *Enfant à l'Escargot.*

Enfant assis sur un rocher et se défendant contre un escargot.

Salon de 1865.

Haut., 60 cent.

8 — *Enfant à la Colombe.*

Petite fille tenant une colombe embrassée.

Haut., 45 cent.

9 — *Dernière lueur.*

Amour soufflant sur la flamme d'une lampe antique.

Haut., 52 cent.

10 — *Amour aux pantins.*

Amour jouant de la cornemuse et faisant, du pied, sauter des pantins.

Salon de 1867.

Haut., 65 cent.

11 — *La Becquée.*

Petite figure d'amour donnant la becquée à des oiselets dans un nid.

Haut., 35 cent.

12 — *Jeune fille.*

Buste.

Haut., 52 cent.

13 — *Jean qui pleure et Jean qui rit.*

Deux bustes.

Haut., 30 cent.

14 — *Jean qui pleure et Jean qui rit.*

Deux médaillons en relief, encadrés de marbre brèche.

15 — *Jean qui pleure et Jean qui rit.*

Deux médaillons en relief, encadrés de marbre gris.

16 — *Frère et Sœur.*

Deux médaillons en relief, encadrés de marbre brèche.

BRONZES

17 — *Amour victorieux*.

Il est représenté debout, prêt à prendre son vol, d'une main il lance une flèche et de l'autre en tire une seconde de son carquois.

Haut., 1 m. 40 cent.

18 — *Les Étrennes de l'Amour*.

L'Amour en costume de pêcheur offrant des coquillages.

Socle en marbre rouge-griotte, orné d'un écusson en bronze.

Haut., 85 cent.

19 — *Le Petit Sabot de Noël*.

Petite fille tenant des jouets dans ses bras.

Haut., 60 cent.

20 — *La Renommée Guerrière*.

Figure de femme embouchant la trompette de la Renommée. Grand bas-relief.

Haut., 1 m. 65 cent.; larg., 85 cent.

PETITS BRONZES

21 à 23 — *Prologue et Epilogue de l'Amour*

Deux pendants.

Petits groupes en bronze patine brune. — Trois exemplaires.

24 — *Prologue et Epilogue de l'Amour*.

Même sujet en bronze argenté.

25 — *La Leçon de flûte*.

Figurine en bronze patine brune.

IVOIRE ET BUIS

26 — *Petit Faune jouant de la flûte de Pan.*
Figurine en ivoire finement sculptée.

27 — *Petit Faune jouant de la flûte de Pan.*
Figurine en buis.

GRÈS

28 — *Titan.*
Médaillon en grès flammé.

TERRES CUITES ORIGINALES

29 — *Le Départ et l'Arrivée.*
Bas-reliefs exécutés pour la gare du chemin de fer de P. L. M.

30 — *Le Tourment du Monde. — Le Repos.*
Deux figurines formant pendants.

31 — *Le Cheval rétif.*

32 — *Faune dansant.*

33 — *Petit Faune musicien.*

34 — *Faune Chasseur.*

35 — *Amour aux Pantins.*

36 — *Le Départ pour Cythère.* — *Banni de Cythère.*
Deux figurines formant pendants.

37 — *Amour en campagne.*

38 — *Correction de l'Amour.*

39 — *Faune jouant du cornet.*

40 — *Pantins de l'Amour.*

41 — *Faune au Tambourin.*

42 — *Saint Jean-Baptiste.*

43 — *Prologue et Epilogue de l'Amour.*
Deux pendants.

44 — *Moïse.*

45 — *Léda.*

46 — *Amphitrite.*
Groupe représentant la déesse de la Mer environnée d'amours et supportée par deux dauphins.

47 — *Convoitise.*

48 — *Le Retour des Champs.*

49 — *Andromède.*

50 — *La Source.*

51 — *Amour captif.*

52 — *Marchande d'Amours.*

53 — *Les Etrennes de l'Amour.*

54 — *Andromède.*

55 — *Enfant couché.*

55 *bis* — *Nymphe surprise.*

56 — *Regina cœli.*
> Groupe de la Présentation. Vierge et Enfant environnés d'anges.

57 — *Amour au flambeau.*

58 — *Amour dans une corbeille de fleurs.*

59 — Encadrement de glace.
> Vendu avec droits de reproduction.

60 — Cartel, style Louis XVI.
> Vendu avec droits de reproduction.

61 — Modèle de cheminée. Plâtre.
> Vendu avec droits de reproduction.

62 — *L'Entrée à Jérusalem.*
> Bas-relief.

TERRES CUITES

63 — *Les Etrennes de l'Amour*

64 — *Naissance de l'Amour.*

65 — *Amour au Coussin.*

66 — *Amour accordeur.*

67 — *Amour accordeur.*

68 — *La Présentation.*

69 — *Amour captif.*

70 — *Amour captif.*

71 — *Le Jour et la Nuit.*